TRANSILVANIA

Viaje de novios

Guillermo Domínguez

Editorial: BoD · Books on Demand,
Calle de Manzanares, 4, 28005 Madrid,
bod@bod.com.es
Impresión: Libri Plureos GmbH,
Friedensallee 273, 22763 Hamburg
(Alemania)
ISBN: 978-84-1373-982-3

Tabla de Contenidos

Prólogo

Un viento gélido surca las llanuras de Transilvania, cruzando montes y bosques sombríos, como si anunciara a quienes lo escuchan que las sombras allí no solo se esconden, sino que observan.

Es un viento que carga en su paso el aliento de leyendas antiguas, cuentos susurrados por generaciones que nunca han dejado de temer lo que sus abuelos temieron.

Allí, en la distancia, se alza un castillo.

Oscuro, encorvado sobre una colina rocosa como un viejo que ha visto demasiado y que, de algún modo, aún aguarda algo.

Rodeado de niebla, es una mancha negra contra el cielo tormentoso, recortado como la figura de un predador en acecho.

Desde hace siglos, el castillo ha permanecido firme, siempre envuelto en ese manto de misterio que ni el tiempo ni los cambios han logrado disipar por completo.

Las puertas de madera antigua, los muros de piedra musgosa, cada rincón del lugar parece impregnado de secretos, de memorias oscuros que murmuran con cada golpe del viento.

Los locales nunca hablan mucho de él, prefieren dejar que las historias hablen por sí solas.

Y aunque eviten sus cercanías, reconocen que hay algo en esa construcción, algo tan profundo y tenebroso que pareciera atraer a los incautos y desesperarlos a la vez.

A mil kilómetros de distancia, en una ciudad soleada de España, una pareja sonríe con alegría sincera en su primer día de casados.

Elena y Javier, jóvenes, radiantes, aún no sospechan que su destino, sellado hace siglos, comienza a acercarse a un punto de inflexión.

El amor que los une les da fuerzas para imaginar que no hay barreras que no puedan cruzar juntos.

Quizá por eso, cuando encuentran el folleto de un viaje a Transilvania, sienten un cosquilleo de aventura, de curiosidad; algo los atrae, un deseo de buscar lo insólito, de sumergirse en la leyenda de Drácula como quien se zambulle en un sueño.

Por supuesto, ellos solo lo ven como una excentricidad más.

Esos cuentos de vampiros y castillos no son para ellos sino rumores y folklore pintoresco, la atmósfera perfecta para una luna de miel distinta, lejos del bullicio y la rutina.

Sin embargo, mientras empacan las maletas y cuentan los días para su partida, no tienen forma de saber que el castillo al que van a hospedarse aguarda pacientemente.

Y que, en esas paredes frías, en esos pasillos oscuros, algo respira, como si supiera que los espera alguien.

El viento de Transilvania sigue soplando, arrastrando consigo una advertencia antigua, un eco que ha sido ignorado tantas veces y que aún persiste.

Y en el tren que los llevará hacia esas tierras desconocidas, Elena y Javier se tomarán de la mano, ajenos a la sombra que ha comenzado a extenderse sobre ellos.

La llegada a Transilvania

El traqueteo constante del tren era como un susurro grave que resonaba en la penumbra del vagón.

Elena miraba por la ventana, fascinada y algo inquieta, observando cómo el paisaje cambiaba a cada kilómetro: los campos verdes y las aldeas soleadas habían dado paso a montañas oscuras, bosques espinosos y cielos encapotados.

Los últimos rayos de sol se filtraban con dificultad entre las densas nubes, tiñendo el horizonte de un tono pálido, casi fantasmal.

Javier, su esposo, estaba a su lado, abstraído en un folleto turístico que describía la historia de la región y, especialmente, del hotel en el que se hospedarían: el Castillo de Bran, conocido en las leyendas locales como la supuesta morada del Conde Drácula.

—¿No es increíble? —dijo Javier, sin apartar la vista del folleto—. Aquí dicen que el castillo tiene más de 600 años. Imagínate lo que habrá visto a lo largo de los siglos.

Elena sonrió, encantada por su entusiasmo, pero no podía evitar sentir una punzada de inquietud cada vez que sus ojos regresaban a aquel paisaje inhóspito.

Había algo en esos árboles retorcidos, en esas montañas envueltas en niebla, que le provocaba un escalofrío sutil, como si cada sombra guardara un secreto.

El tren finalmente aminoró su marcha al llegar a la pequeña estación de Bran, una construcción de piedra antigua y madera desgastada por el tiempo.

Elena y Javier bajaron, arrastrando sus maletas y respirando el aire frío que tenía un aroma a tierra húmeda y a bosque.

Alrededor, pocos habitantes locales los miraban con una mezcla de curiosidad y recelo; algunos murmuraban en voz baja, y una anciana los observaba desde lejos con una expresión grave.

—Bienvenidos a Transilvania —murmuró Javier, bromeando mientras hacía una leve reverencia hacia ella.

Elena rió, relajándose un poco. Pero en su interior, esa sensación de desasosiego persistía, como si algo, o alguien, estuviera observándolos en silencio.

Un taxi los esperaba en la entrada de la estación, un coche antiguo de aspecto robusto, casi tan siniestro como el paisaje.

El conductor, un hombre de rostro arrugado y manos huesudas, los saludó con un asentimiento y, al escuchar que iban al Castillo de Bran, frunció el ceño.

—¿Al castillo, eh? —preguntó con voz áspera mientras encendía el motor—. ¿Están seguros?

Javier se limitó a reír, tomándolo como parte de la mística del lugar, pero Elena notó que el tono del conductor no tenía ni un ápice de humor.

Durante el trayecto, el coche avanzó por caminos estrechos y serpenteantes, rodeados de árboles altos que parecían formar un túnel oscuro y cerrado.

El cielo se oscurecía rápidamente, y la silueta del castillo apareció a lo lejos, recortada contra el horizonte como una mancha negra que emergía de la tierra.

Elena sintió un nudo en el estómago al contemplarlo: era más imponente de lo que había imaginado, una fortaleza de piedra gris y muros altísimos que parecían desafiar el tiempo mismo.

Finalmente, llegaron a la entrada del castillo.

Las grandes puertas de madera oscura estaban abiertas, y dos faroles parpadeantes iluminaban la entrada con una luz tenue y parpadeante, proyectando sombras alargadas sobre el empedrado del patio.

Un hombre alto y delgado, vestido de negro, los recibió con un gesto de bienvenida y una sonrisa que no alcanzaba sus ojos.

—Bienvenidos al Castillo de Bran —dijo, con voz suave y profunda—. Mi nombre es Ionel, soy el encargado de la recepción. Estaremos encantados de hacer que su estancia sea… inolvidable.

Elena sintió un escalofrío recorrerle la espalda al escuchar esas palabras, pero intentó convencerse de que todo era parte de la atmósfera.

Mientras los guiaba por el vestíbulo oscuro, decorado con candelabros antiguos y tapices descoloridos, Ionel les hablaba de la historia del lugar, mencionando a sus antiguos propietarios, a las familias nobles que lo habitaron… y a aquellos que, según las leyendas, aún vagaban por los corredores.

Elena miraba alrededor, absorta en cada detalle: las paredes de piedra cubiertas de musgo, los pasillos angostos que parecían desaparecer en la penumbra, los antiguos retratos enmarcados que los observaban con ojos apagados.

El castillo tenía un aire de majestuosidad, sí, pero también una atmósfera de abandono, como si cada rincón escondiera ecos de voces antiguas que esperaban ser oídas.

Finalmente, llegaron a su habitación.

Era espaciosa, con una cama de dosel y cortinas pesadas de terciopelo oscuro. En una esquina, un ventanal daba al bosque, y la luz de la luna se filtraba apenas, creando sombras suaves sobre el suelo de piedra.

Ionel les entregó la llave, y antes de irse, se detuvo un momento, mirándolos con algo que Elena no supo interpretar.

—Si necesitan algo, no duden en llamar —dijo, y luego, en un tono apenas audible, añadió—: Y recuerden, en este lugar, a veces es mejor no buscar respuestas.

Al cerrar la puerta, Elena sintió que la oscuridad de la habitación la envolvía por completo.

Javier, emocionado, se recostó en la cama y la invitó a relajarse, pero ella no podía dejar de sentir que habían cruzado una frontera invisible.

Fuera, en algún lugar entre el murmullo de las hojas y el eco lejano de algún lobo, algo, o alguien, parecía vigilarlos desde las sombras.

El primer atisbo de mistério

Elena despertó sobresaltada en medio de la noche, con el pecho agitado y la piel fría.

Un extraño sonido la había arrancado del sueño: algo como un susurro, un eco apenas perceptible que parecía deslizarse por las paredes de piedra de su habitación.

Abrió los ojos lentamente, adaptándose a la penumbra.

La tenue luz de la luna se colaba por el ventanal, proyectando sombras caprichosas en el suelo y en las cortinas pesadas que rodeaban la cama.

Miró a su lado y vio a Javier durmiendo profundamente, respirando de manera regular, ajeno al extraño malestar que la invadía.

Por un instante, se preguntó si aquello no habría sido solo un sueño, un efecto de la atmósfera sobrecogedora de aquel castillo antiguo.

Sin embargo, la sensación persistía.

Había algo en la habitación, una presencia sutil pero tangible, como si un par de ojos invisibles la observaran desde algún rincón oscuro.

Con cautela, Elena se sentó en la cama, intentando escuchar.

El silencio era denso, como si se hubiera apoderado de cada piedra, de cada mueble, sofocando cualquier ruido que intentara irrumpir.

Pero entonces, allí estaba de nuevo.

Un murmullo leve, como si alguien estuviera hablando desde algún punto distante.

Le costó identificar de dónde provenía.

¿Era el viento que se colaba por las ventanas? ¿O acaso venía desde detrás de la puerta de su habitación?

Elena se levantó lentamente, tratando de no despertar a Javier, y caminó descalza hasta la puerta.

La madera antigua crujió bajo sus pies, y sintió un escalofrío al imaginar que el suelo mismo parecía guardar los secretos de todos los pasos que habían pasado por allí antes que ella.

Apoyó la oreja en la puerta, conteniendo la respiración, tratando de percibir algún sonido.

Escuchó el latido de su propio corazón, rápido y sordo, pero nada más.

Justo cuando estaba a punto de regresar a la cama, un sonido leve pero claro rompió el silencio.

Un golpeteo suave, repetitivo, como si alguien estuviera tocando la puerta de una habitación lejana.

El eco parecía viajar por los corredores, acercándose y luego alejándose, como un extraño juego de escondidas en la oscuridad.

Por un momento, Elena sintió un impulso irracional de abrir la puerta y asomarse al pasillo, pero algo dentro de ella la detuvo.

Se quedó allí, inmóvil, como atrapada entre la curiosidad y el miedo.

Finalmente, regresó a la cama, intentando convencerse de que todo era producto de su imaginación.

Sin embargo, esa noche durmió inquieta, despertándose varias veces, con la sensación constante de que algo —o alguien— se movía al otro lado de la puerta.

A la mañana siguiente, la claridad de la luz del día trajo cierto alivio.

Elena se levantó con una mezcla de cansancio y nerviosismo, preguntándose si había sido víctima de sus propios temores.

Javier, al verla, la saludó con una sonrisa despreocupada mientras se desperezaba.

—¿Dormiste bien? —le preguntó, ignorante del tormento que ella había experimentado durante la noche.

Elena dudó por un momento antes de responder, sin saber si debería confesarle lo que había escuchado.

—No... no muy bien —admitió finalmente—. Me pareció escuchar ruidos extraños en el pasillo, como si alguien estuviera caminando.

Javier soltó una risa ligera, restándole importancia.

—Elena, estamos en un castillo medieval —dijo, encogiéndose de hombros—. Cualquier crujido o susurro debe ser normal en un lugar como este. La estructura es vieja, y el viento, bueno, hace de las suyas en sitios así.

Aunque sus palabras eran lógicas, no lograron disipar del todo la inquietud de Elena.

Durante el desayuno, bajaron al comedor, una sala amplia y sombría con enormes candelabros colgando del techo y una gran chimenea de piedra en un rincón, donde las brasas aún ardían débilmente.

La mayoría de las mesas estaban vacías, salvo por una pareja de turistas y un hombre mayor que leía el periódico en una esquina.

El encargado del hotel, Ionel, se les acercó con un saludo cortés y una expresión impasible.

Elena intentó preguntarle por el castillo, intentando recabar algo de información que justificara sus temores de la noche anterior.

—Este lugar es... impresionante —comentó, buscando sus palabras—. ¿No es cierto que tiene siglos de historia?

Ionel asintió, observándola con una mirada que le pareció extrañamente cautelosa.

—Así es, señora —dijo, con voz baja—. El castillo ha visto muchas cosas en sus años... cosas que a veces es mejor no recordar.

La respuesta dejó a Elena con un escalofrío, y aunque intentó reír, el tono de Ionel no había sido en broma.

Por un momento, ella sintió que aquel hombre sabía algo que no estaba dispuesto a compartir.

Javier, distraído en su desayuno, parecía menos afectado, pero Elena no podía dejar de pensar en la sensación de aquella presencia en su habitación, en los pasos que había escuchado en el pasillo oscuro.

Decidieron salir a explorar los alrededores, con la esperanza de distraerse y de conocer más sobre el enigmático lugar donde se encontraban.

Caminaron por los jardines del castillo, entre árboles centenarios y estatuas de figuras míticas que parecían observarlos desde sus pedestales cubiertos de musgo.

Sin embargo, a cada paso que daban, Elena sentía que la presencia del castillo se cernía sobre ellos, como si los estuviera vigilando en silencio.

A medida que avanzaban, la expresión de Javier cambió gradualmente, adoptando una seriedad que a Elena le resultó extraña.

Parecía absorto, casi perdido, como si el lugar lo estuviera envolviendo en un trance inexplicable.

Por un momento, Elena lo observó con detenimiento, notando que su mirada se había vuelto distante, como si estuviera en otro sitio.

—¿Javier? —le dijo, tocándole el brazo suavemente para llamar su atención.

Él pareció sobresaltarse y la miró como si acabara de despertar de un sueño profundo.

—Sí… claro, estoy aquí —respondió, intentando sonreír, pero su voz sonaba extrañamente vacía, como si una parte de él se hubiera quedado en algún rincón del castillo.

Esa noche, mientras se preparaban para dormir, Elena no podía dejar de pensar en los extraños cambios de ánimo de Javier y en los ruidos que habían perturbado su descanso.

Antes de apagar la luz, escuchó nuevamente el sonido de pasos en el pasillo.

Cerró los ojos y trató de ignorarlo, pero en el silencio de la noche, esos pasos parecían acercarse poco a poco, cada vez más cerca.

Y fue entonces cuando comprendió que el misterio de aquel lugar estaba apenas comenzando.

Paseo por las calles oscuras

La tarde caía lentamente sobre las colinas de Transilvania, y una espesa neblina comenzaba a arremolinarse en el aire, oscureciendo las callejuelas de Bran.

Elena y Javier, envueltos en sus abrigos, se aventuraron a salir del castillo para explorar el pueblo y tratar de despejar la mente.

La sensación de inquietud que había sentido las noches anteriores seguía latente en Elena, como un peso invisible que la acompañaba a cada paso.

Javier, por otro lado, parecía sorprendentemente tranquilo, incluso absorto, con una expresión de fascinación en su rostro.

Mientras avanzaban por las estrechas calles empedradas, las pocas luces que parpadeaban desde las ventanas de las casas iluminaban apenas el camino, creando sombras que se alargaban y torcían sobre las paredes.

Las casas eran antiguas, de techos inclinados y ventanas pequeñas, y algunas parecían casi abandonadas.

Elena sintió que el lugar entero estaba impregnado de una atmósfera de secreto, como si los habitantes de aquel pueblo supieran algo que no estaban dispuestos a compartir con los forasteros.

Pasaron junto a una iglesia de piedra, cuyas campanas resonaron en la quietud de la noche.

El sonido profundo y melancólico llenó el aire, reverberando en las calles y haciendo eco en los rincones oscuros.

Javier se detuvo un momento para escuchar, su rostro iluminado por una expresión que Elena no había visto antes, una mezcla de fascinación y algo más… algo que ella no podía descifrar.

—Es hermoso, ¿verdad? —comentó Javier, sin apartar la vista de la iglesia.

Elena asintió, aunque no estaba segura de qué era lo que tanto lo había impresionado.

Había una intensidad en su voz, un fervor inusual que la desconcertó.

El silencio se instaló entre ellos mientras continuaban su paseo, adentrándose en las partes más oscuras del pueblo.

A medida que avanzaban, notaron que pocas personas los miraban desde las ventanas, con rostros serios y miradas que parecían atravesarlos.

Elena sentía esas miradas como una advertencia silenciosa, pero Javier, cada vez más absorto, caminaba sin prestar atención.

Al pasar junto a una pequeña tienda de antigüedades, una anciana salió de repente y se acercó a ellos.

Era menuda, con el rostro surcado de arrugas profundas y un pañuelo oscuro que le cubría la cabeza.

Sus ojos, negros y penetrantes, se fijaron en Elena con una expresión seria.

—Vosotros sois del castillo, ¿no es cierto? —dijo la anciana en un susurro que parecía impregnado de años de secretos.

Elena asintió, algo incómoda por la intensidad de su mirada.

—Sí, estamos alojados allí —respondió, tratando de sonreír.

La anciana bajó la voz aún más, como si temiera que alguien la escuchara.

—Ten cuidado, niña —murmuró, posando una mano temblorosa en el brazo de Elena—. Ese lugar no es como los demás. Hay cosas que el tiempo no ha conseguido apagar.

Elena la miró con sorpresa, sintiendo un escalofrío al escuchar sus palabras.

—¿A qué se refiere? —preguntó, pero antes de que pudiera obtener una respuesta, Javier intervino, con una expresión de impaciencia.

—Son solo leyendas, Elena. No tienes que escuchar todo lo que dicen —comentó él, quitando la mano de la anciana del brazo de Elena con un gesto brusco.

La anciana lo miró con reproche, sus ojos centelleando de desdén.

—No se trata solo de leyendas, joven —dijo, casi en un murmullo—. El castillo tiene su propio latido, su propia... voluntad.

Javier la observó con una expresión desdeñosa, y Elena notó que sus ojos parecían fríos, casi vacíos.

La anciana se retiró con una última advertencia, susurrando palabras en un idioma que Elena no entendió, pero cuyo tono parecía una oración o tal vez un conjuro.

Elena sintió un extraño desasosiego mientras observaba a la anciana alejarse en la penumbra.

Siguieron caminando, pero la tensión entre ellos era palpable.

Javier, aparentemente molesto por el encuentro, apenas hablaba.

Finalmente, se detuvieron en un pequeño café al borde de la plaza principal.

El lugar estaba iluminado por una luz cálida, y el olor a café y especias llenaba el ambiente, proporcionando un respiro de la fría noche de Transilvania.

Elena suspiró y se sentó junto a Javier, quien la observaba con una mirada que le resultaba cada vez más desconocida.

—¿Qué te pasa? —preguntó ella, tratando de entender aquel cambio sutil pero inquietante en su esposo.

Él la miró durante un largo instante antes de responder, como si estuviera eligiendo cuidadosamente sus palabras.

—Nada —respondió finalmente, sonriendo con una amabilidad que le pareció fingida—. Es solo... este lugar tiene algo que me... cautiva. No sé cómo explicarlo.

Elena intentó comprender, pero una punzada de preocupación la atravesó.

Javier nunca había sido un hombre impresionable, y verla fascinado de esa manera le resultaba inquietante.

Mientras bebían su café, un grupo de hombres entró en el café, hablando en voz baja en un dialecto que Elena no alcanzaba a comprender.

Uno de ellos, al notar que los dos extranjeros los miraban, se detuvo y, con una expresión de extraña curiosidad, les habló en un español rudimentario.

—El castillo... —dijo, haciendo una pausa como si buscara las palabras—. Dicen que llama a los visitantes. Que no se van igual que como llegaron.

Elena sintió un nudo en el estómago al escuchar eso, y aunque intentó no mostrarlo, Javier la miró con una expresión de satisfacción, como si aquella advertencia fuera una especie de triunfo para él.

Pagaron su cuenta y salieron del café, volviendo a las callejuelas apenas iluminadas que los llevarían de regreso al castillo.

La niebla se había espesado, envolviendo cada rincón del pueblo en un manto blanco y espeso que hacía que la luz de la luna apenas alcanzara para ver el camino.

Elena caminaba en silencio, cada vez más incómoda, mientras Javier parecía cada vez más absorto, mirando a su alrededor como si cada piedra, cada sombra, le revelara un secreto.

Cuando llegaron a las puertas del castillo, Javier se detuvo y se volvió hacia ella con una expresión que le heló la sangre.

—¿No te das cuenta, Elena? —dijo en voz baja, casi en un susurro—. Este lugar… nos está hablando. Nos está mostrando algo que no podemos ver en ningún otro sitio.

Elena, sorprendida por el tono intenso de su voz, lo miró con inquietud.

—¿Qué estás diciendo, Javier? —respondió, tratando de entender aquel brillo extraño en sus ojos.

Él soltó una risa leve, inquietante, y, sin decir más, se dirigió a la puerta, dejándola atrás, envuelta en la creciente sensación de que su marido se estaba alejando de ella en formas que no lograba comprender.

Entraron al castillo en silencio, y las sombras los recibieron con una quietud ominosa, como si el lugar estuviera esperando pacientemente su regreso.

Esa noche, mientras intentaba conciliar el sueño, Elena no podía dejar de pensar en las palabras de la anciana y en la advertencia del hombre del café.

Algo en su interior le decía que el castillo, de alguna manera inexplicable, estaba ejerciendo una influencia sobre Javier.

Y mientras él dormía a su lado, con una expresión plácida pero perturbadoramente enigmática, Elena comenzó a temer que, tal vez, aquello que decía llamar a los visitantes ya había empezado a ejercer su poder sobre ellos.

La oscuridad se cernía sobre la habitación, y Elena, envuelta en sus propios pensamientos, entendió que no se trataba solo de un lugar… sino de un enigma profundo, un misterio del que no sabía si alguna vez podría escapar.

La sombra del conde

Elena despertó temprano, con el primer rayo de luz filtrándose por las pesadas cortinas de la habitación.

Había pasado otra noche inquieta, con sueños llenos de figuras sin rostro que la observaban desde la penumbra, susurrando palabras incomprensibles.

Se giró hacia Javier, esperando encontrar en su rostro una expresión familiar que la reconfortara, pero él ya no estaba en la cama.

Por un instante, pensó que habría bajado a desayunar, aunque había algo en la manera silenciosa de su ausencia que le pareció extraño.

Se levantó, aún en bata, y se asomó al pasillo, donde el eco de sus propios pasos parecía resonar en la vastedad del castillo.

El ambiente estaba envuelto en una calma sepulcral, apenas rota por el lejano canto de los cuervos fuera de las murallas.

Descendió por las escaleras de piedra, sintiendo que la frialdad de cada peldaño se colaba en sus pies, intensificando la incomodidad que la había acompañado durante toda la noche.

Al llegar al salón principal, lo encontró de pie frente a un enorme retrato que colgaba de la pared central, enmarcado en un dorado opaco y deteriorado.

Javier estaba completamente absorto en la pintura, tan inmóvil que, por un momento, Elena pensó que ni siquiera había notado su llegada.

El cuadro mostraba a un hombre alto y delgado, vestido con ropas antiguas y oscuras, con una capa larga que caía hasta el suelo.

Sus ojos eran profundos y fríos, como si desde el lienzo observaran no solo a quien miraba el retrato, sino el alma misma de quien osara contemplarlo.

Elena sintió un escalofrío al verlo y, en voz baja, preguntó:

—¿Qué haces aquí tan temprano, Javier?

Él no respondió de inmediato, y ella notó que sus ojos seguían fijos en el retrato, como si estuviera bajo algún tipo de hechizo.

Finalmente, Javier habló, su voz sonando extraña, casi reverente.

—Es él, Elena —dijo, sin apartar la vista—. Este debe ser el Conde Drácula.

Elena frunció el ceño, sintiéndose incómoda con la manera en que lo decía, como si estuviera hablando de alguien cercano y no de una figura histórica.

—¿Cómo puedes estar tan seguro? —preguntó, acercándose a él.

Javier giró lentamente hacia ella, y sus ojos tenían un brillo extraño, algo que la inquietó profundamente.

—No lo sé —respondió en voz baja—. Es como si… como si lo supiera, como si algo dentro de mí me lo dijera.

Elena trató de esbozar una sonrisa, intentando disipar la tensión que se estaba formando en el ambiente.

—Es solo un retrato, Javier —dijo, con un tono suave pero firme—. Una representación de alguien que pudo haber existido o no.

Pero Javier no parecía dispuesto a escucharla.

Regresó su mirada al retrato, sus ojos recorriendo cada detalle: la sombra bajo los ojos del Conde, la leve curva de su boca que parecía insinuar una sonrisa inquietante, los dedos largos y pálidos que se entrelazaban frente a él.

—Quiero saber más de él —dijo de repente—. De su historia, de lo que realmente ocurrió aquí.

Elena lo miró con creciente preocupación.

Hasta entonces, Javier había tomado el viaje como una aventura, una luna de miel poco convencional, pero nada más que eso.

Sin embargo, en ese momento, lo veía realmente fascinado, incluso obsesionado.

Sintió una punzada de miedo en el pecho, y de alguna manera comprendió que había algo más en la mirada de Javier, algo que ella no podía entender del todo.

—¿Por qué no vamos a desayunar y te despejas un poco? —sugirió, intentando que él volviera a la realidad.

Javier asintió, aunque su expresión aún era ausente, como si una parte de él hubiera quedado atrapada frente al retrato.

Durante el desayuno, apenas probó bocado, mirando por la ventana con la misma expresión absorta y sombría.

Elena intentaba hacerle preguntas, pero él respondía con monosílabos, como si estuviera atrapado en un pensamiento profundo del que no quisiera hablar.

Cuando terminaron, él le propuso regresar al castillo para explorar los pasillos que no habían visto.

—Este lugar es enorme, Elena —dijo, ahora con un tono de entusiasmo contenido—. No hemos visto ni la mitad.

Ella aceptó, aunque con una creciente inquietud en su interior, y juntos recorrieron nuevos corredores y habitaciones llenas de polvo y oscuridad, cada rincón cargado de una historia que parecía haberse quedado atrapada en el tiempo.

Llegaron a una sala oculta al final de un pasillo estrecho y retorcido.

Las puertas, de madera oscura y adornadas con grabados intrincados, parecían cerradas desde hacía siglos.

Javier empujó una de ellas con fuerza, y el rechinar de las bisagras resonó en el vacío de la habitación que se abría ante ellos.

La sala estaba llena de antiguos retratos y muebles cubiertos con sábanas, como si los habitantes hubieran salido apresurados y dejado todo atrás.

Pero lo que más llamó la atención de Elena fue la gran mesa que ocupaba el centro de la habitación, sobre la cual reposaba un libro antiguo y polvoriento.

Javier se acercó al libro con una extraña expresión de reverencia, y con sumo cuidado, pasó su mano sobre la tapa antes de abrirlo.

Elena observó, conteniendo la respiración, mientras él leía en voz baja palabras en latín, una lengua que no entendía pero que resonaba con un eco grave en la estancia.

Las páginas del libro estaban llenas de diagramas extraños, anotaciones, y lo que parecían ser genealogías o listas de nombres.

Cada nombre estaba escrito en tinta roja, dándole al texto una apariencia macabra.

—Este es... su linaje —murmuró Javier—. Aquí, en estas páginas, está la historia de su familia, sus secretos.

Elena sintió que un escalofrío le recorría la columna mientras él continuaba hojeando el libro, sus ojos brillando con una intensidad que nunca antes le había visto.

Intentó alejarlo del libro, recordándole que debían continuar explorando, pero él parecía cada vez más sumergido en las palabras, en los nombres que leía como si le revelaran algo importante, algo esencial.

Finalmente, Javier cerró el libro con una expresión de serenidad perturbadora y se volvió hacia ella.

—Creo que... aquí se encuentra parte de lo que siempre hemos buscado —dijo, su voz grave y decidida.

Elena lo miró, confusa, preguntándose qué quería decir con esas palabras.

Nunca habían hablado de estar "buscando" algo, y mucho menos en un lugar como ese.

Pero antes de que pudiera preguntar, Javier salió de la habitación sin decir nada más, dejándola atrás, paralizada por una sensación de desconcierto y temor.

Esa noche, en la cama, Elena intentó hablar con él sobre lo sucedido, sobre el extraño comportamiento que había adoptado desde que llegaron al castillo.

Pero Javier, con los ojos cerrados y la respiración tranquila, parecía haber decidido ignorarla.

Era como si algo se hubiera interpuesto entre ellos, algo intangible que lo estaba alejando poco a poco, sumergiéndolo en un abismo desconocido.

Elena se quedó despierta, sintiendo que cada vez entendía menos a su propio esposo, mientras el silencio del castillo se cernía sobre ellos como un manto pesado, sofocante.

Sabía, con una certeza creciente y aterradora, que la sombra del Conde Drácula no solo formaba parte de las paredes de ese lugar.

Se había infiltrado en el alma de Javier, y algo le decía que su esposo ya no era completamente el mismo hombre con el que había llegado a Transilvania.

Y, por primera vez, empezó a preguntarse si realmente había traído de regreso al mismo hombre que había conocido.

La sombra del castillo parecía haber comenzado a tomar posesión de él, y Elena no podía hacer otra cosa que observar, impotente, cómo su esposo se hundía en el oscuro misterio de aquella antigua morada.

Cambios en la personalidad de Javier

Los días que siguieron a su hallazgo en la sala secreta del castillo parecían traer consigo cambios cada vez más marcados en Javier.

Elena los notaba en cada palabra, en cada mirada, en cada silencio inquietante que él dejaba tras sus respuestas.

Por la mañana, a veces se mostraba eufórico, recorriendo los pasillos del castillo con una energía desbordante, casi febril.

Otras veces, en cambio, era presa de un silencio impenetrable, como si algo oscuro se hubiera apoderado de su espíritu y lo sumergiera en pensamientos profundos y sombríos.

A cada día que pasaba, Javier se alejaba un poco más de ella, transformándose en una persona que Elena no lograba reconocer.

Lo observaba mientras él se deslizaba entre los corredores antiguos y oscuros, explorando cada rincón del castillo como si estuviera buscando algo que solo él conocía.

Una noche, Elena despertó y encontró la cama vacía a su lado.

Se levantó en silencio, su corazón latiendo rápidamente mientras recorría con cautela el pasillo.

La única fuente de luz era una débil lámpara en la esquina, que proyectaba sombras inquietantes en las paredes.

Siguió el eco de unos pasos, llevándola hasta la puerta de la biblioteca.

Allí, en la penumbra, encontró a Javier de pie frente a un espejo antiguo, con los ojos perdidos y una expresión de desconcierto en el rostro.

—Javier —susurró Elena, intentando no sobresaltarlo.

Él se volvió lentamente, y en su mirada había algo que la estremeció, una especie de vacío que parecía absorber toda la luz a su alrededor.

—No puedo dormir —dijo en voz baja, volviendo la vista al espejo.

Elena se acercó, preocupada, y notó que había algo extraño en su reflejo.

Parecía que la imagen de Javier en el espejo era más tenue, como si estuviera desvaneciéndose, como si parte de él no estuviera realmente allí.

—¿Qué te ocurre? —le preguntó, posando una mano en su hombro—. Desde que encontramos esa sala… desde que viste ese retrato… No has sido el mismo.

Javier la miró por un instante, y por primera vez en días, sus ojos reflejaron algo de la persona que ella amaba.

Pero pronto, esa chispa se desvaneció, y él apartó la mano de Elena con un gesto de frialdad que la dejó paralizada.

—Estoy bien, Elena —respondió, con un tono de voz distante—. Solo… solo necesito tiempo para comprender lo que este lugar significa.

Ella no dijo nada más, pero algo dentro de su pecho comenzó a quebrarse.

Regresaron a la habitación, pero esa noche, Elena apenas pudo dormir, sintiendo que cada vez perdía más al hombre con el que había llegado a Transilvania.

Al día siguiente, Javier se levantó temprano y se ausentó sin decir a dónde iba.

Elena lo esperó en el comedor, inquieta, mientras tomaba un desayuno que apenas pudo probar.

Finalmente, decidió buscar a Ionel, el encargado del castillo, quien la recibió en el vestíbulo con una expresión de inusual seriedad.

—Señor Ionel —dijo Elena, con la voz teñida de preocupación—. Necesito entender qué está pasando con mi esposo. Desde que llegamos aquí, ha estado… cambiando.

Ionel la miró en silencio, como si sopesara hasta qué punto debía compartir sus pensamientos.

Finalmente, tras una pausa tensa, habló en voz baja.

—Señora, su esposo parece haber sido atrapado por la fascinación que ejerce este lugar en algunos visitantes... Es común que el castillo despierte en ellos ciertos... intereses.

Elena lo observó, confundida, buscando en sus palabras alguna explicación que la ayudara a comprender la obsesión que Javier parecía estar desarrollando.

—¿Intereses? —preguntó, sin entender del todo—. ¿A qué se refiere?

Ionel la miró con una expresión solemne, sus ojos reflejando una gravedad inquietante.

—A veces, el castillo se convierte en una suerte de... espejo de las inquietudes más profundas de quienes lo habitan —respondió—. Y en algunos casos, esos deseos, esas obsesiones, crecen hasta consumirlos.

Elena sintió un escalofrío que le recorrió la columna vertebral al escuchar esas palabras.

¿Qué podría estar buscando Javier tan desesperadamente? ¿Qué era lo que el castillo le estaba mostrando que ella no podía ver?

A lo largo del día, buscó a Javier en vano.Caminó por los corredores interminables, recorriendo las habitaciones vacías y oscuras, pero su esposo parecía haber desaparecido.

Cuando finalmente lo encontró, ya era casi de noche.

Estaba en uno de los salones del ala más antigua del castillo, de pie junto a una ventana, observando la niebla que envolvía el bosque.

Parecía tan absorto que ni siquiera se dio cuenta de su presencia.

Elena se acercó con cautela y lo llamó, con la esperanza de que esta vez, él la escuchara.

—Javier, por favor... dime qué está pasando.

Él se volvió lentamente, y esta vez, en sus ojos brillaba una especie de resentimiento, una frialdad que la hizo retroceder instintivamente.

—¿Qué es lo que tanto temes, Elena? —preguntó, en un tono que sonaba casi a reproche—. ¿Acaso no te das cuenta de que hay algo más allá de nuestra vida común?

Ella lo miró, atónita, sin reconocer al hombre que tenía frente a ella.

—Javier, tú no eres así... tú... nosotros vinimos aquí para disfrutar de nuestra luna de miel, no para...

Él soltó una carcajada amarga, cortándola en seco.

—¿Para qué, Elena? ¿Para tener una vida común, una vida sin misterios? —dijo, con un tono de desprecio que ella nunca había escuchado antes—. Este lugar me ha abierto los ojos, me ha mostrado que existe un poder, algo eterno, algo que va más allá de lo que tú o yo podríamos imaginar.

Elena sintió que su corazón se rompía en mil pedazos, viendo cómo el hombre que amaba se transformaba ante sus ojos en alguien desconocido, en alguien que parecía estar bajo el influjo de una fuerza oscura y seductora.

Intentó hablar, pero sus palabras parecían inútiles frente a la intensidad con la que Javier la miraba, sus ojos oscuros como el abismo, llenos de una pasión inquietante que él parecía no poder controlar.

—No quiero perderte, Javier —murmuró, con la voz quebrada—. Volvamos a casa. Este lugar está... está transformándote.

Por un instante, él pareció dudar.

Sus ojos se suavizaron apenas, como si en su interior aún quedara una chispa de la persona que ella amaba.

Pero pronto, esa chispa se apagó, y él desvió la mirada, volviendo su atención hacia la ventana y hacia el paisaje sombrío que parecía llamarlo.

—No entiendes, Elena —dijo finalmente—. Este lugar me está mostrando lo que siempre he querido ver… un camino que jamás habría descubierto en otro sitio.

Elena comprendió entonces que Javier estaba perdido en un laberinto que no sabía si podría desandar.

No tenía claro qué haría a continuación, pero en su corazón supo que ya no podía confiar completamente en él, que el hombre que había sido su compañero estaba cada vez más lejos, atrapado en las sombras de ese castillo que parecían devorar su voluntad.

Esa noche, mientras intentaba dormir a su lado, escuchó a Javier murmurar en sueños.

Hablaba en una lengua que ella no comprendía, una mezcla de susurros y palabras antiguas, como si una voz le dictara un secreto prohibido.

Aterrada, Elena cerró los ojos, rezando para que al despertar, Javier volviera a ser el hombre con el que se había casado.

Pero en su interior, una parte de ella ya comprendía la verdad: el castillo se había apoderado de él, de alguna manera oscura y misteriosa, y ahora, él pertenecía más a sus muros y sombras que a ella misma.

La madrugada llegó con un silencio sepulcral, y Elena, agotada y rota por el temor, comprendió que su luna de miel se había convertido en una pesadilla sin fin.

Las pesadillas

La primera noche en que las pesadillas comenzaron, Elena despertó con un grito ahogado, el corazón golpeándole en el pecho como si intentara escapar.

La oscuridad de la habitación la envolvía, sofocante y densa, y durante un instante no supo dónde estaba, si aún en el castillo o en el sombrío mundo de sus sueños.

Javier dormía profundamente a su lado, con una expresión plácida que contrastaba de manera extraña con la angustia que ella sentía.

Intentó recordar el sueño, pero solo quedaron fragmentos borrosos en su mente: una figura oscura, unos ojos rojizos que la observaban desde un rincón y un eco de palabras que se repetían en un idioma desconocido.

A la mañana siguiente, trató de olvidar el sueño, atribuyéndolo a la ansiedad y al ambiente opresivo del castillo.

Pero cada noche, las pesadillas regresaban, como si una fuerza invisible la atrajera hacia ese mundo sombrío, llenándola de visiones cada vez más vívidas y aterradoras.

En una de esas noches, la pesadilla tomó una forma clara y desgarradora: Elena caminaba sola por los pasillos interminables del castillo, arrastrada hacia una sala oscura que parecía llamarla desde las sombras.

En el centro de la sala, vio a Javier, de pie frente a un altar de piedra, rodeado de figuras encapuchadas cuyos rostros se perdían en la penumbra.

—Javier… —murmuró en el sueño, extendiendo la mano hacia él.

Pero su esposo no la miraba; sus ojos estaban fijos en algo invisible, su expresión tan vacía y lejana que Elena sintió una punzada de dolor en el pecho.

A medida que intentaba acercarse, las figuras encapuchadas comenzaron a girarse hacia ella, y en sus rostros oscuros pudo ver unos ojos inhumanos, rojizos y sin vida, como si la muerte misma la observara.

Despertó jadeando, empapada en sudor y sintiendo que una parte de aquella pesadilla aún se aferraba a ella, como si el frío de los pasillos oscuros del castillo la hubiera seguido hasta el lecho.

Al girarse, vio que Javier la miraba fijamente, con una expresión tan impasible que le dio un escalofrío.

—¿Qué pasa? —preguntó él, sin rastro de preocupación en la voz, como si fuera una mera formalidad.

Elena vaciló, sin saber si debía confesarle lo que estaba experimentando.

Había algo en su mirada, algo oscuro y distante, que le impedía hablar libremente, como si temiera que él no pudiera comprender.

—No es nada —respondió finalmente, mirando hacia otro lado—. Solo… pesadillas.

Javier asintió lentamente, y por un momento ella creyó ver una leve sonrisa en sus labios, un gesto frío y casi indiferente.

Se levantó de la cama sin decir nada más y se dirigió al baño, dejando a Elena sola, sumida en una creciente sensación de terror.

Las pesadillas se hicieron más intensas con el paso de los días, y Elena empezó a notar que lo que veía en sus sueños comenzaba a manifestarse también en sus horas de vigilia.

Cada vez que se encontraba sola, sentía que algo la observaba desde las esquinas oscuras de las habitaciones, una presencia invisible que parecía seguirla dondequiera que fuera.

El castillo, que al principio le había parecido un lugar de mística fascinación, se había convertido en una prisión silenciosa de la que no podía escapar.

Los corredores se alargaban en interminables laberintos de sombras, y los retratos antiguos en las paredes la observaban con ojos apagados, como si supieran algo que ella desconocía.

En una ocasión, mientras exploraba el ala este del castillo, escuchó un susurro que le heló la sangre.

Parecía un murmullo, una voz baja que la llamaba por su nombre.

—Elena...

La palabra se deslizó por el aire como un suspiro, como si alguien estuviera justo detrás de ella.

Se giró rápidamente, pero no había nadie, solo el eco de sus propios pasos resonando en el corredor vacío.

Respiró hondo, intentando calmarse, pero el miedo seguía en su interior, cada vez más arraigado.

Al llegar la noche, se recostó junto a Javier, quien la miraba con esa mirada impenetrable que tanto la inquietaba.

Había intentado hablar con él, contarle sobre las cosas extrañas que experimentaba, pero él se limitaba a escucharla en silencio, como si lo que ella contaba le fuera ajeno, irrelevante.

—Tal vez deberíamos irnos —le dijo una noche, su voz temblando levemente—. Este lugar... no es bueno para nosotros.

Javier la miró, y en sus ojos había una frialdad tan profunda que ella casi sintió que estaba hablando con un desconocido.

—¿Irnos? —repitió él, como si la idea fuera absurda—. Apenas hemos comenzado a entender lo que este lugar significa. ¿Quieres abandonar justo cuando estamos tan cerca de descubrir su verdadero poder?

Elena lo observó, sin reconocer al hombre con el que se había casado.

Su voz, su expresión, todo en él reflejaba una fascinación oscura que ella no podía comprender, algo que la alejaba de él cada vez más.

Una noche, después de otra pesadilla en la que las figuras encapuchadas la perseguían por los corredores, despertó con la sensación de que algo la estaba asfixiando.

Su respiración era corta, y sentía una presión en el pecho, como si un peso invisible la estuviera oprimiendo.

Miró a su alrededor, y en la penumbra de la habitación distinguió una sombra que parecía moverse.

Quiso gritar, pero su voz se ahogó en su garganta, y la figura desapareció lentamente, como disolviéndose en la oscuridad.

Al día siguiente, decidió buscar nuevamente a Ionel, esperando que él pudiera ofrecerle alguna explicación sobre lo que le estaba ocurriendo.

Lo encontró en el vestíbulo, y al ver su expresión pálida y nerviosa, el hombre comprendió que algo grave le estaba ocurriendo.

—Señora Elena, ¿qué sucede? —preguntó, mirándola con genuina preocupación.

Ella dudó por un momento, temerosa de que sus palabras sonaran como desvaríos, pero la desesperación la hizo hablar.

—Desde que llegamos, tengo pesadillas... visiones... siento que alguien me observa —dijo, en voz baja, como si temiera que alguien más pudiera escuchar.

Ionel la miró con una expresión grave, sus ojos reflejando una mezcla de compasión y cautela.

—El castillo... tiene su propia esencia —murmuró, después de un largo silencio—. No es raro que aquellos que permanecen aquí mucho tiempo comiencen a... experimentar cosas.

Elena sintió que el estómago se le retorcía, y una sensación de vértigo la invadió.

—¿Qué tipo de cosas? —preguntó, sin aliento.

Ionel suspiró, bajando la mirada.

—Este lugar guarda recuerdos antiguos, señora. A veces, esos recuerdos toman forma, y quienes son más sensibles a su influencia... los perciben. Y a veces... los atraen.

Elena sintió que un abismo se abría bajo sus pies.

No sabía si el hombre le estaba contando la verdad o si simplemente quería asustarla, pero todo lo que había experimentado encajaba con sus palabras.

Los murmullos, las sombras, los rostros en sus sueños... todo parecía una manifestación de algo oscuro que habitaba el castillo.

Volvió a la habitación esa noche sintiéndose más sola que nunca, con la certeza de que debía tomar una decisión.

No podía seguir permitiendo que el lugar la consumiera, ni a ella ni a Javier.

Antes de dormir, intentó hablar con él una vez más.

Le explicó lo que había escuchado de Ionel, tratando de convencerlo de que debían irse antes de que fuera demasiado tarde.

Pero él la escuchó en silencio, con una expresión fría y vacía.

Cuando terminó de hablar, Javier se limitó a sonreír, una sonrisa que no alcanzó sus ojos.

—Si tienes miedo, puedes irte, Elena —dijo con indiferencia—. Pero yo me quedaré. Tengo mucho que aprender aquí.

Sus palabras fueron como un golpe en el pecho.

Elena comprendió entonces que había perdido a Javier, que el hombre que había sido su compañero ya no estaba con ella.

El castillo lo había capturado, lo había absorbido en sus sombras, y ahora ella no era más que una espectadora en la tragedia de su propia vida.

Esa noche, mientras intentaba dormir, las pesadillas regresaron.

Vio a Javier de pie frente al altar, rodeado por las figuras encapuchadas, recitando palabras en una lengua antigua y desconocida.

Sintió que algo frío y oscuro se cernía sobre ella, y supo que si no abandonaba ese lugar pronto, también perdería su propia voluntad, atrapada en las sombras eternas de ese castillo.

La madrugada llegó, y Elena, agotada y vencida, supo que debía tomar una decisión.

Ya no se trataba solo de salvar a Javier; se trataba de salvarse a sí misma de la influencia siniestra que había comenzado a consumirla.

Sin embargo, mientras veía el rostro tranquilo de su esposo en la penumbra, una duda persistente se aferraba a su mente: ¿podría realmente dejarlo atrás?

O, peor aún, ¿podría alguna vez escapar del recuerdo de aquel lugar que parecía haber marcado su alma para siempre?

Encuentro con el misterio

Elena había llegado al límite de su resistencia.

Las pesadillas, las voces y las sombras que la seguían día y noche la habían llevado a un estado de agotamiento constante, y ahora cada rincón del castillo le parecía una amenaza.

No podía seguir ignorando las señales; debía hacer algo, tomar el control antes de que el lugar consumiera lo que quedaba de ella.

Esa noche, cuando Javier salió de la habitación sin decirle a dónde iba, Elena supo que había llegado el momento de enfrentar lo que ocurría.

Esperó unos minutos y, tras ponerse un abrigo sobre la bata, salió tras él, recorriendo los oscuros pasillos del castillo en silencio.

El eco de sus pasos resonaba en el vacío, y la penumbra parecía tragarse cada rincón, alargando las sombras de los candelabros y los retratos que colgaban de las paredes.

Elena intentaba controlar el miedo que le oprimía el pecho, tratando de convencerse de que aquella era solo una noche más, una noche en que finalmente descubriría qué estaba pasando con Javier.

La penumbra era casi total, y cada esquina parecía susurrar su nombre en un tono espectral que le hacía apretar los puños para no salir corriendo.

Siguiendo el eco de los pasos de Javier, llegó a un pasillo angosto, uno que apenas recordaba haber visto antes en sus recorridos.

Se preguntó adónde la estaría llevando y, por un momento, casi dudó en seguir adelante.

Pero el deseo de comprender y el amor que aún sentía por él fueron más fuertes que su miedo.

Avanzó, manteniéndose a una distancia prudente, y observó cómo Javier se detenía frente a una puerta de madera maciza, antigua y cubierta de símbolos grabados que parecían correr por la superficie como venas en un cuerpo.

Él sacó una llave que no recordaba haber visto antes y la introdujo en la cerradura, girándola con cuidado.

La puerta emitió un crujido profundo, como si llevara décadas sin abrirse, y al hacerlo, dejó entrever un cuarto oscuro, iluminado tenuemente por el débil resplandor de unas velas.

Elena se ocultó en la penumbra del pasillo, esperando a que él entrara, y cuando la puerta se cerró, esperó unos segundos antes de acercarse lentamente.

Apoyó su oído contra la puerta de madera, conteniendo la respiración mientras intentaba escuchar lo que sucedía al otro lado.

Las palabras de Javier llegaban distorsionadas, en un tono bajo y reverente, como si estuviera recitando algo, quizás una oración o algún tipo de ritual.

Apenas podía distinguir el contenido, pero había algo en su voz, una especie de frialdad monótona que le resultaba completamente extraña.

De repente, otra voz se unió a la suya, una voz grave y desconocida que pareció surgir de las entrañas de la tierra.

Elena sintió un escalofrío recorrerle el cuerpo, y el miedo le impidió moverse, atrapándola allí, frente a esa puerta que parecía un portal hacia un mundo oscuro y prohibido.

La voz murmuraba en un idioma antiguo, uno que Elena no reconocía, pero cuya cadencia parecía resonar en los cimientos mismos del castillo.

—"Dominus tenebrae, qui nos guidat..." —decía la voz, en un tono tan bajo y oscuro que parecía reverberar en sus huesos.

Elena comprendió que no estaba sola al otro lado de la puerta; alguien, o algo, estaba acompañando a

Javier en esa sala oculta, y su mente se debatía entre el impulso de entrar o de huir.

Finalmente, el deseo de enfrentarse a lo que estaba sucediendo fue más fuerte que su miedo, y empujó la puerta, que se abrió con un chirrido que le erizó la piel.

La escena que vio al entrar quedó grabada en su memoria como una pesadilla vívida.

En el centro de la sala, rodeado de velas, Javier estaba arrodillado frente a una figura alta y encapuchada, un ser cuya presencia emanaba una oscuridad tan densa que parecía absorber la luz de la habitación.

La figura encapuchada tenía las manos extendidas sobre Javier, y su rostro era apenas visible bajo la sombra de la capucha.

Sin embargo, lo que alcanzó a ver le heló la sangre: unos ojos profundos y oscuros, brillantes como brasas, que la miraban con una intensidad inhumana.

Al percibir su presencia, Javier giró lentamente la cabeza hacia ella, y en su rostro había una expresión de furia contenida, de sorpresa y desprecio.

—¿Qué haces aquí, Elena? —preguntó en un tono bajo y cortante, como si fuera un intruso en su vida, un estorbo que le impedía alcanzar algo importante.

Elena dio un paso hacia atrás, pero su voz salió sin temblor, fuerte y decidida.

—Quiero que me digas qué está pasando, Javier —exigió, conteniendo el miedo que bullía en su pecho—. No eres el mismo desde que llegamos aquí, y quiero saber qué estás haciendo… o qué te está haciendo este lugar.

La figura encapuchada emitió una risa baja y gutural que resonó en la sala, llenándola de una frialdad glacial.

—Tu esposa es valiente, Javier —dijo la voz, lenta y grave—. Pero no comprende los caminos que has elegido.

Javier volvió a mirarla, y su rostro estaba cubierto de una sombra extraña, una mezcla de tristeza y reproche que Elena no lograba entender.

—Elena, no tienes idea de lo que estás diciendo —respondió, en un tono controlado y frío—. Este lugar me ha revelado cosas que van más allá de lo que puedes comprender, y tú solo estás aquí para… para impedirlo.

Elena sintió una punzada de dolor ante esas palabras.

A pesar de todo lo que había pasado, a pesar de las noches de terror y las pesadillas, una parte de ella aún creía que podía recuperarlo, que Javier volvería a ser el hombre con el que se había casado.

Pero al ver la dureza de su mirada, comprendió que él estaba completamente perdido en aquel oscuro embrujo.

—No te reconozco, Javier —murmuró, sintiendo las lágrimas agolparse en sus ojos—. Nos has perdido a los dos en este lugar maldito.

La figura encapuchada dio un paso adelante, y en su rostro se dibujó una sonrisa siniestra.

—Entonces debes marcharte, Elena —dijo, con una voz impregnada de autoridad, como si hubiera pronunciado una sentencia—. Deja que Javier siga su camino, porque este es su destino, uno que tú no puedes evitar.

Pero Elena, en un acto de valor desesperado, miró a Javier a los ojos y pronunció las palabras que desde hacía días había temido decir.

—Voy a marcharme de este lugar, Javier —dijo, sintiendo su voz firme a pesar del temblor en sus manos—. Pero no voy a irme sola. Aún tienes una oportunidad de dejar esto atrás y volver a ser quien eras.

Las palabras cayeron en el aire como un último intento, una súplica que resonaba en la tensión de la sala.

Javier la miró en silencio, y por un instante pareció dudar, como si una chispa de su antigua personalidad aún pudiera salvarlo.

Pero la figura encapuchada alzó una mano, y Javier desvió la mirada, volviendo a hundirse en la penumbra, como si todo vestigio de humanidad se hubiera desvanecido de su ser.

—Lárgate, Elena —murmuró, sin siquiera mirarla—. No necesito tu ayuda.

Elena sintió que su corazón se rompía con esa última frase.

Comprendió, con una claridad dolorosa, que el hombre al que amaba estaba perdido, atrapado en la oscuridad del castillo y en las garras de esa figura siniestra.

Sin decir una palabra más, dio un último vistazo a Javier, grabando en su memoria su rostro endurecido y desconocido, y luego retrocedió hasta salir de la sala.

El frío del pasillo la envolvió al cerrar la puerta, y se dio cuenta de que sus piernas temblaban, de que el peso de aquella despedida la había dejado vacía.

Caminó por los corredores desiertos, sintiendo que una sombra la seguía, pero ya no le importaba.

Había perdido a Javier, y con él, todos los sueños y esperanzas que había traído consigo a ese lugar.

Esa noche, mientras intentaba dormir por última vez en el castillo, Elena comprendió que su única opción era marcharse, abandonar las sombras, las pesadillas y a Javier, para salvar lo poco que quedaba de su propia alma.

Y con el primer rayo de luz que se coló en la ventana, tomó su decisión: la mañana siguiente, se iría, aunque con ello dejara atrás para siempre al hombre que había sido el amor de su vida.

Revelaciones

La decisión de marcharse había aliviado a Elena, pero también había dejado una sombra de tristeza profunda en su corazón.

Empacó sus pertenencias en silencio, sin saber si Javier intentaría detenerla o siquiera despedirse.

La imagen de su esposo perdido en aquel extraño ritual nocturno se repetía en su mente, y, a pesar de su determinación, sentía que se estaba yendo con una parte de ella rota para siempre.

Al salir de la habitación, se dirigió al vestíbulo, esperando encontrar a Ionel, quien, con su extraña prudencia, le había servido de apoyo en aquellos días oscuros.

Lo encontró junto a una de las grandes ventanas, observando la bruma que rodeaba el castillo, con el rostro serio y resignado.

Al escuchar sus pasos, el hombre se volvió, y una mirada comprensiva cruzó su rostro al ver la maleta en sus manos.

—Señora Elena —dijo en voz baja—. Ha decidido irse, ¿verdad?

Ella asintió, intentando ocultar la emoción que le temblaba en la voz.

—Ya no puedo quedarme, Ionel. Este lugar... ha consumido a Javier. No es el hombre con el que me casé.

Ionel la observó en silencio, sus ojos reflejando una mezcla de tristeza y algo más, algo que no había notado antes: un profundo conocimiento de lo que ocurría entre esas paredes.

—Hay cosas en este castillo que no pertenecen a este mundo, señora —murmuró, eligiendo cada palabra con cuidado—. Cosas que han estado aquí durante siglos, y que a veces encuentran a aquellos que, sin saberlo, las buscan.

Elena lo miró, buscando respuestas en sus ojos.

—¿Qué está ocurriendo aquí, Ionel? —preguntó, su voz quebrándose levemente—. ¿Por qué Javier está... atrapado en esto?

Ionel suspiró y bajó la mirada.

—Este lugar no es solo piedra y muros antiguos, señora. Es un reflejo de quienes lo habitan, de sus deseos más profundos, sus temores... y también de su ambición.

Elena trató de entender, pero la oscuridad en las palabras de Ionel era como un laberinto en el que se sentía perdida.

—¿Y Javier? —insistió, con los ojos llenos de dolor—. ¿Qué busca él en todo esto?

Ionel hizo una pausa, y por un instante pareció debatirse entre su lealtad a ese lugar maldito y su deseo de ayudarla.

Finalmente, inclinó la cabeza hacia un pasillo oscuro y silencioso que se extendía hacia el ala más antigua del castillo.

—Venga conmigo —dijo, en un tono apenas audible—. Tal vez haya algo que deba ver antes de marcharse.

Elena dudó, pero el deseo de entender lo que le había sucedido a Javier fue más fuerte que su miedo.

Lo siguió por el largo pasillo, cuyos muros de piedra emanaban un frío que parecía calar hasta sus huesos.

Los candelabros antiguos lanzaban sombras alargadas sobre las paredes, y sus pasos resonaban en el eco de la penumbra.

Ionel se detuvo frente a una puerta de madera oscura, similar a la que había visto en la noche del ritual, y sacó una llave de su bolsillo.

—Este cuarto perteneció al dueño original del castillo —murmuró, mientras giraba la llave en la cerradura—. El conde Vladislav, un hombre con una obsesión profunda por la eternidad y los secretos oscuros que ofrece.

El corazón de Elena latía con fuerza mientras entraban en la habitación.

El aire era denso y pesado, impregnado de un olor a humedad y algo más, algo antiguo y rancio que la hizo estremecerse.

La sala estaba llena de estanterías cubiertas de polvo, y sobre una mesa grande y oscura había montones de libros y manuscritos, como si alguien hubiera estado estudiando textos antiguos en busca de respuestas.

Elena recorrió la estancia con la mirada, y al detenerse sobre uno de los libros, reconoció algo que le heló la sangre.

Era el mismo libro que Javier había encontrado en la sala secreta: el gran volumen de genealogías y rituales, con nombres escritos en tinta roja.

Ionel observó su reacción en silencio antes de acercarse a una pared cubierta por un tapiz.

—El conde creía en la vida eterna, en una forma de inmortalidad que no está al alcance de los vivos ni de los muertos —dijo, mientras descorría el tapiz—. Y, según sus registros, encontró una manera de extender su presencia en este castillo... de hacer que este lugar se convirtiera en su legado.

Elena se acercó lentamente, y sus ojos se abrieron con horror al ver lo que ocultaba el tapiz.

Una gran pintura mural mostraba al conde Vladislav, con los ojos oscuros y profundos, sentado en un trono de piedra, rodeado de figuras encapuchadas que le rendían homenaje.

Lo reconoció de inmediato, pues su imagen era idéntica a la figura que había visto en la sala junto a Javier.

—El conde extendió su voluntad a través del tiempo —explicó Ionel, susurrando—. Aquellos que llegan aquí y cuya ambición o deseo de poder son fuertes se ven atrapados en su influencia. Y una vez que esa conexión se forma, es casi imposible romperla.

Las palabras de Ionel le helaron la sangre.

Javier, en su búsqueda de significado, en su curiosidad por aquel mundo oculto, había caído en la trampa del conde, quien lo estaba atrayendo hacia su oscura red de secretos.

—¿No hay manera de romper ese vínculo? —preguntó Elena, desesperada, sintiendo que la última esperanza se le escapaba de las manos.

Ionel la miró, y en su expresión había un pesar que la desgarró.

—Para alguien que ha aceptado ese destino, no hay retorno, señora. Javier eligió este camino, aunque tal vez no comprendiera por completo las consecuencias.

Elena sintió cómo el dolor la atravesaba como una daga.

Se dio cuenta de que Javier había cedido voluntariamente a ese influjo, seducido por los secretos de aquel castillo y por la promesa de una verdad más allá de la comprensión humana.

Ionel la observó con una mezcla de tristeza y comprensión, y, tras un largo silencio, le ofreció un consejo.

—Si quiere irse, hágalo antes de que caiga la noche. Cuando el sol se pone, las fuerzas que habitan este lugar son más fuertes. Y aunque Javier decida quedarse, usted aún puede escapar de su influencia.

Elena lo miró con los ojos enrojecidos y llenos de lágrimas, asintiendo con la certeza de que él tenía razón.

Sabía que, de quedarse, su destino sería igual al de Javier, atrapada en las sombras eternas de aquel castillo y enredada en sus secretos oscuros.

—Gracias, Ionel —murmuró, su voz temblando—. Por todo.

Se despidió de él con un último vistazo, sintiendo una gratitud profunda hacia aquel hombre que le había mostrado la verdad, aunque fuera una verdad desgarradora.

Se dirigió a la salida del castillo, el eco de sus pasos resonando en los corredores desiertos, como si las sombras susurraran su nombre por última vez.

Al llegar al vestíbulo, se encontró con Javier, de pie frente a la gran puerta, como si hubiera estado esperándola.

Su expresión era fría, y sus ojos la miraban con una intensidad que le resultó extraña, como si la estuviera viendo por última vez.

—¿Te vas, entonces? —preguntó, sin un atisbo de emoción en su voz.

Elena asintió, luchando contra el nudo que se formaba en su garganta.

—Sí, Javier. Me voy. No puedo... no puedo seguir viendo cómo te destruyes aquí. No puedo permitir que este lugar me consuma a mí también.

Él la miró en silencio, y por un instante, en sus ojos apareció un destello de dolor, una chispa de humanidad que parecía gritar desde lo más profundo de su ser.

—No entiendes, Elena —murmuró, en un tono más bajo—. Este castillo... es mi destino. Aquí he encontrado algo que va más allá de nosotros, algo que nunca habría conocido de otra manera.

Las lágrimas corrieron por las mejillas de Elena mientras daba un último paso hacia la puerta.

—Lo entiendo, Javier —dijo, con voz entrecortada—. Pero no puedo seguirte en este camino.

Con el corazón roto, cruzó la gran puerta del castillo y se adentró en el crepúsculo, sintiendo cómo la bruma la envolvía en su gélido abrazo.

Cada paso la alejaba más de él, de la vida que habían compartido, de las promesas de amor eterno que habían hecho el día de su boda.

Al llegar al límite de la colina, miró hacia atrás una última vez, y en una de las ventanas del castillo creyó ver la figura de Javier, de pie, observándola con esa misma mirada vacía y sombría.

Comprendió que el hombre que había amado ya no existía, que el castillo lo había reclamado por completo y que ahora él era una sombra más en aquel laberinto de oscuridad y secretos.

Respiró hondo, cerró los ojos, y continuó su camino, dejando atrás no solo el castillo, sino también todo lo que había significado Javier para ella.

Había perdido a su esposo, pero en su partida había salvado lo que quedaba de sí misma.

Y, con cada paso, sintió cómo la influencia de aquel lugar se desvanecía lentamente, como si las sombras finalmente la dejaran en paz.

Elena salió de Transilvania con el alma marcada para siempre, con la certeza de que el amor y el dolor que llevaba en su corazón serían un recordatorio eterno de aquel castillo y de la oscuridad que lo habitaba.

Mientras el sol se ponía en el horizonte, una lágrima solitaria corrió por su mejilla.La última despedida a un amor que se había perdido para siempre en las sombras de un destino imposible de evitar.

El intento de huida

Elena recorrió el camino que descendía desde el castillo hacia el pueblo, luchando contra el viento gélido que parecía empeñado en hacerla retroceder.

Cada paso la alejaba más de Javier, de las pesadillas y de la oscura promesa que el castillo le ofrecía a su esposo, aunque sentía que las sombras aún la seguían, susurrándole recuerdos de aquello que dejaba atrás.

Al llegar a la pequeña estación de Bran, se dio cuenta de que tendría que esperar hasta el amanecer para tomar el primer tren hacia la libertad, hacia una vida lejos de la pesadilla que la había consumido en los últimos días.

Se sentó en un banco de madera en la plataforma desierta, abrazándose contra el frío y mirando el oscuro horizonte que se extendía delante de ella.

A su alrededor, el viento soplaba con una furia inusual, como si estuviera cargado de advertencias y lamentos, y los árboles se mecían bajo su influencia, sus ramas formando figuras tenebrosas en la penumbra.

Elena intentaba calmar su mente, recordándose que, una vez saliera de esas tierras, podría recuperar la paz que tanto anhelaba.

Sin embargo, la paz era difícil de alcanzar cuando cada recuerdo de Javier la asaltaba, interrumpiendo sus pensamientos con imágenes de sus ojos vacíos, de su rostro perdido en las sombras.

Pasaron las horas y el silencio profundo de la noche se asentó como una pesada manta sobre la estación.

Elena comenzó a temer que aquella espera fuera interminable, que la oscuridad de Transilvania jamás le permitiera escapar por completo.

Y entonces, mientras el frío le calaba los huesos y sus pensamientos se hundían en la desesperanza, escuchó unos pasos detrás de ella, unos pasos que resonaban con la firmeza de alguien decidido, alguien que la buscaba.

Se giró lentamente, con el corazón acelerado, y vio a Javier.

Estaba de pie, en el borde de la plataforma, mirándola con una expresión sombría que apenas dejaba entrever el hombre que ella conocía.

—¿Qué haces aquí? —preguntó, su voz baja y cortante, como si la sola idea de su partida le fuera incomprensible.

Elena sintió que el miedo la paralizaba, pero también el dolor, una mezcla de emociones que la dejó sin palabras.

Finalmente, reunió el valor para responder.

—Me voy, Javier —dijo, con la voz quebrada pero firme—. No puedo quedarme en un lugar que te ha arrebatado de esta forma... No puedo ver cómo te consume, cómo te transforma en alguien que no reconozco.

Él la observó en silencio, y en sus ojos había una mezcla de furia y tristeza, un conflicto interno que parecía desgarrarlo.

—¿Y piensas dejarme? —respondió finalmente, con un tono áspero—. ¿Abandonarme en el momento en que he encontrado algo real, algo más grande que nuestras vidas triviales?

Elena sintió que sus palabras eran como cuchillos, cortando las fibras de su amor uno a uno, pero se mantuvo firme, recordándose que su propia vida dependía de esa decisión.

—No es real, Javier —insistió, con la voz temblorosa—. Solo es una ilusión, una sombra de algo que quiere arrastrarte, que quiere... destruirte.

Javier la miró fijamente, y por un instante, su rostro pareció suavizarse, sus ojos mostrando un destello de vulnerabilidad.

—¿Y si esto es lo que siempre quise, Elena? —preguntó en voz baja—. ¿Y si el castillo me mostró un destino que nunca imaginé, algo más profundo, algo eterno?

Elena comprendió entonces que Javier había sido seducido por una promesa de inmortalidad, por la oscura atracción de un poder que solo existía en el abismo del castillo y en los secretos que este le había susurrado.

Sintió que su corazón se rompía al entender que él había elegido ese destino, que lo prefería sobre su vida juntos, sobre el amor que se habían prometido.

Las lágrimas comenzaron a caer por sus mejillas, pero su resolución no flaqueó.

—Si eso es lo que quieres, entonces debes quedarte —dijo, apenas en un susurro—. Pero yo… yo no puedo.

Javier dio un paso hacia ella, su rostro contrayéndose en una expresión de ira contenida.

—No te dejaré ir, Elena —dijo con una intensidad que la hizo estremecer—. Si quieres marcharte, tendrás que pasar sobre mi cadáver.

Ella sintió que el terror se apoderaba de su cuerpo al escuchar esas palabras, al ver la sombra oscura que parecía rodearlo, como si el castillo hubiera extendido su influencia hasta allí, hasta la estación desierta en medio de la noche.

El viento aumentó su fuerza, y en ese momento, Elena comprendió que Javier no la dejaría partir sin luchar, que el hombre al que había amado estaba dispuesto a impedir su huida a cualquier precio.

La figura de su esposo avanzaba hacia ella, sus ojos brillando con una determinación oscura, mientras el viento hacía que su abrigo ondeara a su alrededor como un manto de sombras.

Con cada paso que él daba, Elena retrocedía, sintiendo que el abismo del castillo y su poder sombrío se extendían incluso hasta allí, queriendo atraparla, absorberla en su influjo maligno.

—Javier, por favor... —suplicó, con lágrimas en los ojos—. No tienes que hacer esto. Aún puedes volver, aún puedes dejar esto atrás.

Pero él negó con la cabeza, con una expresión fría e implacable.

—No hay vuelta atrás para mí, Elena —murmuró—. Y ahora, tampoco la habrá para ti.

En un acto desesperado, Elena giró y comenzó a correr, sin mirar atrás, sabiendo que debía escapar de él y de la sombra que lo consumía.

Corrió por la plataforma desierta y se internó en el camino oscuro que bordeaba la colina, escuchando los pasos de Javier acercarse, sintiendo su presencia cada vez más próxima.

Su respiración se aceleraba y sus piernas apenas la sostenían, pero siguió adelante, luchando contra el terror y el cansancio, guiada solo por el instinto de supervivencia.

A medida que avanzaba, la noche se tornaba cada vez más espesa, como si el mismo aire quisiera detenerla, como si las sombras de la noche intentaran envolverla y devolverla al castillo.

Finalmente, cuando creía que no podría dar un paso más, tropezó y cayó al suelo, con la respiración agitada y el cuerpo exhausto.

Detrás de ella, los pasos se detuvieron.

Se giró lentamente, temblando, y encontró a Javier de pie a pocos metros, mirándola con una intensidad que la dejó paralizada.

Sin embargo, en su expresión había algo distinto, un matiz de dolor, de duda, como si en el último instante algo en él hubiera despertado.

—Elena… —murmuró, su voz quebrada—. Yo… no sé quién soy.

Por un momento, ella vio al hombre que había amado, al Javier que había conocido antes de que el castillo lo atrapara.

Sintió que su corazón se aceleraba, que una última esperanza brotaba en su interior.

—Javier, ven conmigo —susurró, con la voz llena de amor y tristeza—. Regresemos juntos.

Él la miró en silencio, sus ojos reflejando un profundo conflicto.

Pero entonces, como si una sombra oscura lo cubriera por completo, su expresión cambió y se endureció de nuevo.

—No puedo —murmuró, apartando la mirada—. Este es mi destino, Elena. Yo... pertenezco a este lugar.

Elena sintió cómo el dolor la invadía una vez más, cómo el peso de la despedida la hundía en la desesperanza.

Comprendió que Javier estaba perdido para siempre, que el castillo había ganado y que su amor ya no podía salvarlo.

Lentamente, se levantó del suelo, mirándolo por última vez, grabando en su mente aquella imagen de despedida.

—Adiós, Javier —dijo en un susurro, dejando que las lágrimas corrieran libremente.

Y sin esperar una respuesta, se giró y comenzó a alejarse, con el corazón roto y los pasos vacilantes, pero con la certeza de que debía continuar.

Esta vez, Javier no la siguió.

El silencio la envolvió mientras caminaba, y a cada paso que daba, sentía que dejaba atrás una parte de su vida, de su propia alma.

Cuando llegó al pueblo, las primeras luces del amanecer comenzaban a asomarse en el horizonte, y un débil rayo de sol iluminó el camino que la llevaría lejos de aquel lugar maldito.

Elena respiró hondo, dejando que la brisa fresca de la mañana la envolviera, y al hacerlo, sintió que, aunque llevaba consigo una tristeza infinita, también había recuperado la libertad.

El tren estaba por llegar, y mientras aguardaba en el andén, una paz extraña comenzó a invadirla, como si, al fin, las sombras del castillo hubieran dejado de perseguirla.

Con el primer rayo de sol sobre su rostro, supo que la pesadilla había terminado.

El amor que había compartido con Javier y los sueños de un futuro juntos yacían enterrados en los muros del castillo, junto a los secretos y las oscuridades que él había elegido.

Y mientras el tren la alejaba de Transilvania, de sus sombras y de sus pesares, Elena dejó que el dolor se diluyera poco a poco en el movimiento del viaje, en el horizonte que se abría frente a ella.

La promesa de una vida nueva y desconocida reemplazaba, lentamente, la oscuridad de su pérdida.

Su alma herida se aferraba a esa nueva promesa, sabiendo que, aunque llevaría siempre el recuerdo de Javier y de aquel castillo, el camino hacia la luz había comenzado al fin.

La última noche

Elena sabía que debía marcharse, que había dejado atrás el castillo y sus sombras, pero algo inexplicable la impulsó a regresar al lugar que tanto daño le había causado.

Aquel último intento de reconciliación, de cerrar los lazos invisibles que aún la unían a Javier, la llevó a tomar la decisión de pasar una última noche en el castillo, de enfrentar, por última vez, el abismo que había consumido al hombre que amaba.

Ionel, al verla cruzar la puerta de regreso, la miró con una expresión de asombro y preocupación.

—Señora Elena… ¿por qué ha vuelto? —preguntó, con voz baja y cautelosa.

Elena, sintiendo el peso de su propia incertidumbre, solo pudo esbozar una leve sonrisa, una mezcla de resignación y determinación.

—Solo necesito una última noche —murmuró—. Necesito despedirme de verdad.

Ionel la observó en silencio, comprendiendo, quizás mejor que nadie, el impulso que la había traído de vuelta.

Con un leve asentimiento, la condujo de regreso a su antigua habitación, donde aún estaban algunos de sus efectos personales, como si su historia con Javier no hubiera quedado completamente sellada.

La noche cayó rápidamente, cubriendo el castillo en una penumbra espesa que parecía respirar junto con sus antiguos muros.

Elena, de pie junto a la ventana, miraba el horizonte oscuro, sintiendo cómo el silencio se apoderaba de cada rincón, envolviendo el lugar en un manto de misterio y espera.

A medida que avanzaban las horas, la ansiedad se apoderaba de ella, un presentimiento inquietante que la hacía mirar constantemente hacia la puerta, como si Javier fuera a aparecer en cualquier momento.

Entonces, en el silencio de la noche, escuchó unos pasos, firmes y decididos, resonando en el pasillo.

Su corazón se aceleró, y contuvo la respiración cuando vio que la puerta se abría lentamente.

Allí estaba Javier, de pie en el umbral, su figura recortada contra la penumbra del corredor, como una sombra viva que emergía de las entrañas del castillo.

La miraba en silencio, sus ojos oscuros reflejando una mezcla de tristeza y algo más, algo que ella no lograba descifrar.

—Sabía que regresarías —dijo él finalmente, con una voz suave pero teñida de amargura.

Elena, sintiendo el peso de sus palabras, lo miró, intentando encontrar en él al hombre que había amado, al esposo que había sido su compañero en los sueños de una vida compartida.

—Tenía que volver, Javier —respondió, su voz apenas un susurro—. Necesitaba… verte una última vez, antes de que te pierdas por completo en este lugar.

Javier avanzó lentamente hacia ella, y Elena notó que había cambiado de alguna manera.

Su piel estaba más pálida, sus ojos más profundos y oscuros, como si el castillo se hubiera adueñado de cada parte de él, transformándolo en una extensión de sus propias sombras.

—No estoy perdido, Elena —dijo, en un tono casi solemne—. Aquí he encontrado lo que siempre he buscado. Un propósito, una existencia más allá de los límites humanos.

Elena sintió un nudo en la garganta, incapaz de contener el dolor que le provocaban esas palabras.

—¿Qué significa eso? —preguntó, sus ojos llenos de lágrimas—. ¿Acaso la vida que teníamos no era suficiente para ti?

Javier bajó la mirada, como si una sombra de duda cruzara por su rostro, pero rápidamente recuperó la expresión fría y determinada que la hacía estremecer.

—Ese Javier que conociste era solo una parte de mí —murmuró—. Una parte que siempre buscó algo más, algo que fuera más allá de las trivialidades de nuestra vida cotidiana.

Elena sintió cómo su corazón se rompía, y las lágrimas que contenía comenzaron a caer.

—¿Y yo? —preguntó, su voz temblorosa—. ¿Yo también era una trivialidad para ti?

Él levantó la mirada, y por un momento, sus ojos reflejaron un destello de tristeza y arrepentimiento.

—Nunca quise hacerte daño, Elena —dijo en voz baja—. Pero el castillo... este lugar ha despertado algo en mí que no puedo ignorar. Algo que siempre estuvo allí, esperando el momento de revelarse.

Elena dio un paso hacia él, extendiendo una mano en un intento desesperado de conectar con él, de salvar lo poco que quedaba de su amor.

—Aún puedes cambiar de decisión —le dijo, con la voz rota—. Aún puedes venir conmigo, dejar atrás esta oscuridad, este... abismo que te está tragando.

Javier la miró, y por un instante, pareció dudar.

Sus ojos se suavizaron, y Elena creyó ver en ellos una chispa de humanidad, una pequeña luz que aún podía salvarlo.

Pero en ese momento, algo oscuro y sombrío pareció apoderarse de él, y su expresión se endureció.

—No, Elena —murmuró, con una firmeza escalofriante—. Este es mi lugar, mi destino. Yo pertenezco aquí.

Elena sintió cómo el dolor la invadía, y comprendió, con una certeza desgarradora, que lo había perdido para siempre.

Con un último suspiro, bajó la mano, sintiendo que la esperanza se desvanecía, que el vínculo que los unía se rompía como un hilo desgastado por el tiempo y la oscuridad.

—Entonces, esta será nuestra despedida —dijo, en un susurro.

Javier la miró en silencio, sus ojos reflejando una sombra de dolor, pero también una resignación profunda.

—Adiós, Elena —murmuró, y sin decir más, se dio la vuelta y salió de la habitación, perdiéndose en la penumbra del pasillo.

Elena quedó sola, sintiendo que el aire se volvía denso, que el castillo entero parecía cerrarse sobre ella, como si intentara asfixiarla con el peso de su historia y sus sombras.

Pasaron horas en un silencio sepulcral, y Elena permaneció en la habitación, escuchando los sonidos lejanos del castillo, los ecos de pasos que nunca parecían llegar a ningún lugar, los susurros de voces que la envolvían en un murmullo interminable.

La noche avanzó lentamente, y la oscuridad se hizo más densa, envolviendo todo en una negrura absoluta.

Justo antes del amanecer, cuando el primer rayo de luz comenzaba a asomar en el horizonte, Elena sintió una extraña calma.

Había venido a despedirse, y aunque el dolor era profundo, sabía que esa decisión la había liberado, que el castillo ya no tendría poder sobre ella.

Recogió sus cosas y salió de la habitación, recorriendo los pasillos en silencio, despidiéndose de cada rincón de aquel lugar que le había robado todo, pero que, a su vez, le había devuelto a sí misma.

Al salir al vestíbulo, vio a Ionel, quien la miró con una expresión de comprensión y respeto.

—Señora Elena, ¿quiere que la acompañe? —preguntó, con voz suave.

Elena asintió, y juntos caminaron hacia la gran puerta del castillo, cruzándola en silencio, dejando atrás la penumbra y el pasado.

Cuando llegaron al exterior, el sol comenzaba a elevarse, y sus rayos iluminaban el castillo, envolviéndolo en una luz pálida y melancólica.

Elena miró hacia la estructura una última vez, y en una de las ventanas del piso superior, creyó ver la figura de Javier, observándola desde las sombras, como un recuerdo imposible de olvidar.

Respiró hondo, dejando que la brisa fresca de la mañana le devolviera la serenidad que tanto había anhelado.

Sin decir nada más, se volvió y comenzó a caminar, dejando atrás el castillo, las sombras y al hombre que una vez había sido su esposo.

Sabía que lo llevaría en el corazón, como un amor perdido en las profundidades de una oscuridad que jamás podría entender.

Pero también sabía que la última noche en el castillo había sellado su despedida, y que ahora, al fin, era libre para empezar de nuevo.

El castillo quedó en silencio, envuelto en la quietud de la mañana, con sus secretos oscuros y sus sombras guardadas en los muros, esperando quizás a alguien más que, como Javier, se atreviera a buscar lo insondable.

Y así, Elena desapareció en el horizonte, con el peso de su adiós transformado en fuerza, mientras el castillo permanecía, eterno y vigilante, como una sombra que espera, paciente, a su próxima víctima.

El regreso

Elena regresó a España sola, exhausta y marcada por lo vivido, como si las sombras de Transilvania aún pesaran en sus hombros.

El viaje en tren le pareció interminable, pero, a la vez, una transición necesaria para dejar atrás el castillo y su oscura influencia.

Sin embargo, el silencio a su alrededor solo hacía que el eco de su última conversación con Javier resonara en su mente, con cada palabra grabada como una cicatriz.

Al llegar a su ciudad natal, la recibió un cielo despejado y cálido, el aire cargado con los aromas familiares de su hogar.

Pero, en lugar de consuelo, Elena sintió un vacío profundo, una distancia abismal entre ella y la vida que había dejado.

Había soñado con volver de su luna de miel como una recién casada, feliz y enamorada, pero la realidad era completamente distinta: regresaba sola, marcada por un dolor que apenas podía comprender.

Pasaron los días, y Elena intentó reconstruir una vida sin Javier.

Retomó su trabajo, reanudó sus relaciones con amigos y familiares, quienes la recibieron con palabras de bienvenida y expresiones de desconcierto ante su estado.

Ella evitaba hablar de lo que había sucedido, de la forma en que el castillo había reclamado a Javier, y ante las preguntas sobre su luna de miel, solo respondía con vaguedades, incapaz de encontrar palabras que describieran la tragedia que había vivido.

Sin embargo, las noches se convirtieron en su mayor tormento.

Cada vez que cerraba los ojos, volvía a encontrarse en los oscuros pasillos del castillo, recorriendo el camino hacia la sala secreta, enfrentando las sombras y los susurros que parecían perseguirla incluso en sus sueños.

Y siempre, en la penumbra de esas pesadillas, veía la figura de Javier, mirándola desde la distancia, como si estuviera atrapado en un limbo, incapaz de regresar y, a la vez, incapaz de dejarla ir por completo.

Al despertar, el dolor se instalaba en su pecho, una mezcla de añoranza y culpa que la acompañaba durante el día.

Se preguntaba si habría podido hacer algo más, si podría haberlo rescatado antes de que el castillo se apoderara de él.

Pero, en su corazón, sabía que Javier había hecho su elección, que su deseo de comprender lo insondable lo había llevado a ese abismo del que ella no podía rescatarlo.

A pesar de su esfuerzo por retomar la normalidad, Elena comenzó a notar algo extraño en su vida cotidiana.

A veces, sentía una presencia sutil en su apartamento, una sombra apenas perceptible que parecía moverse por los rincones, observándola desde el umbral de una puerta o desde el reflejo en los espejos.

Pensó que podría ser producto de su mente, un residuo de las experiencias que había vivido, pero la sensación de que no estaba sola era cada vez más fuerte.

Una noche, mientras intentaba conciliar el sueño, escuchó un murmullo bajo, una voz que apenas susurraba su nombre en la penumbra.

Se levantó de golpe, con el corazón latiendo a toda velocidad, pero no vio a nadie en la habitación.

Sin embargo, el frío en el aire, la pesadez de la atmósfera, le recordaron el mismo ambiente opresivo del castillo.

Era como si la sombra de Javier la hubiera seguido hasta allí, como si él aún estuviera en algún lugar entre las sombras, incapaz de romper el vínculo que los había unido.

Elena intentó ignorar estas percepciones, atribuyéndolas a la tensión de lo que había vivido y a su incapacidad de aceptar la pérdida.

Pero las manifestaciones se hicieron más frecuentes: los susurros, las sombras que se deslizaban por los rincones, los objetos que aparecían en lugares diferentes a donde ella los había dejado.

Una noche, despertó al sentir una mano fría en su hombro, y al girarse, vio, por un instante fugaz, el rostro de Javier, pálido y distante, como un espectro que la observaba con tristeza desde el borde de la cama.

Elena gritó, y la figura desapareció en la oscuridad, pero el impacto de aquella visión la dejó temblando, con la certeza de que algo sobrenatural estaba ocurriendo.

Al día siguiente, en un intento desesperado de comprender lo que estaba sucediendo, buscó ayuda en textos sobre lo paranormal, investigando sobre espíritus, presencias y almas atrapadas en la penumbra.

Descubrió que, en algunos casos, los espíritus de aquellos que habían sido consumidos por la oscuridad podían seguir a sus seres queridos, incapaces de romper el vínculo que los unía.

La idea de que Javier pudiera estar atrapado en ese limbo, incapaz de regresar al castillo pero también incapaz de dejarla ir, le provocó un dolor profundo y una tristeza insondable.

Sentía que la sombra del castillo aún estaba sobre ella, que la historia de amor que compartía con Javier no había terminado, sino que había trascendido la barrera entre la vida y la muerte.

Algunas noches intentaba hablar en voz baja, convencida de que él la escuchaba, pidiéndole que la dejara en paz, que encontrara la paz en aquel lugar al que había elegido pertenecer.

—Javier, por favor... —murmuraba en la penumbra—. No sigas aquí. Descansa.

Pero cada vez que decía esas palabras, sentía el frío en el aire, el eco de su nombre en un susurro lejano, y comprendía que él aún la acompañaba, que no estaba listo para despedirse.

Elena buscó apoyo en su familia, en amigos, pero no podía confesarles la verdad; nadie entendería la naturaleza de aquella pérdida, el vacío que le había dejado una historia de amor truncada por las sombras de un destino imposible.

Finalmente, una noche, decidió que era momento de hacer algo definitivo, de romper, de alguna manera, el vínculo que los mantenía unidos.

Llevó consigo una fotografía de ambos y una pequeña nota que le había escrito en la víspera de su boda, una nota en la que le prometía amarlo por siempre, en esta vida y en cualquier otra.

Con estos objetos, salió a un campo abierto, un lugar tranquilo y solitario donde pudiera decir adiós sin interrupciones.

Allí, bajo la luz de la luna y con el cielo despejado, encendió una pequeña fogata y, con un nudo en la garganta, colocó la fotografía y la nota sobre las llamas.

Las palabras se desvanecieron en el fuego, y mientras veía cómo se convertían en cenizas, sintió una mezcla de liberación y dolor, como si finalmente pudiera soltar la carga de aquel amor que había sido su salvación y su perdición.

Al alzar la vista hacia el cielo estrellado, sintió una calma desconocida, una paz que no había experimentado desde que regresara de Transilvania.

En ese instante, un leve murmullo llegó hasta ella, como una brisa que susurraba su nombre.

No sintió miedo; en cambio, sintió que la sombra de Javier finalmente se disolvía, que su presencia se desvanecía poco a poco, dejando en su lugar un vacío que dolía, pero que también le permitía respirar.

Esa noche, cuando volvió a casa, Elena se sintió diferente.

Ya no había susurros en la oscuridad, ni sombras en los espejos.

La presencia que había sentido durante tanto tiempo había desaparecido, y aunque el dolor de la pérdida seguía en su corazón, ahora era solo un recuerdo, una herida que el tiempo sanaría poco a poco.

Sabía que siempre llevaría a Javier en su memoria, que el amor que compartieron seguiría vivo en sus recuerdos, pero también comprendía que la paz había regresado a su vida, que el vínculo que los unía se había liberado.

Con el paso de los días, volvió a encontrar alegría en las pequeñas cosas, en los amaneceres, en las conversaciones con amigos, en los momentos de calma y soledad.

La herida seguía allí, pero la sombra había quedado atrás.

Finalmente, se sentía lista para comenzar de nuevo, para construir una vida diferente, libre del peso de aquel amor que había traspasado las fronteras de lo posible y lo imposible.

Elena cerró la última página de su historia con Javier, sabiendo que, aunque la pérdida siempre sería una parte de ella, el amor que compartieron también había sido su fuerza, su guía para encontrar el camino de regreso a sí misma.

Y en las noches tranquilas, cuando miraba las estrellas, pensaba en él, en lo que habían compartido, y sentía una paz profunda, como si al fin, después de todo, cada uno hubiera encontrado su lugar en el universo.

El regreso a España

Los días de Elena comenzaron a llenarse de una quietud inesperada, una paz que parecía envolver su vida después de la tormenta que había dejado en el castillo de Transilvania.

La sombra de Javier ya no la perseguía; la última noche en que quemó sus recuerdos compartidos bajo las estrellas había sellado una despedida que trascendía su comprensión, pero que sentía en su alma como una liberación.

Aun así, la ausencia de Javier seguía pesando en su corazón.

Cada mañana, al despertar, lo primero que sentía era el vacío de su lado en la cama, un lugar que hasta hacía poco él había ocupado con su risa, su calidez, y sus miradas llenas de amor.

Ahora, ese vacío era un recordatorio constante de la historia de amor que ambos habían compartido y que, de alguna manera, continuaba viva en sus recuerdos.

Elena se volcó en su trabajo y en las rutinas que solían tranquilizarla antes del viaje, buscando en ellas una especie de refugio.

Las primeras semanas fueron difíciles; sus amigos y familiares notaban el cambio en ella, la tristeza oculta en sus ojos, pero nadie se atrevía a preguntar demasiado.

Con el tiempo, algunos comenzaron a cuestionarla, a insinuar que tal vez ella y Javier nunca deberían haber ido tan lejos, a un lugar tan cargado de historia y oscuridad.

Elena escuchaba en silencio, sin contestar, pues sabía que nadie podría entender realmente lo que había ocurrido allí.

Sin embargo, la vida empezó a regresar a su cauce.

Las noches se tornaron más ligeras, y el sueño, aunque muchas veces interrumpido por algún recuerdo de Javier, poco a poco dejó de estar invadido por las sombras del castillo.

Había noches en que Elena se despertaba en medio de un sueño, con la sensación de haber sentido el toque de Javier en su hombro, como si él aún la cuidara desde algún lugar remoto.

Pero sabía, en lo más profundo de su corazón, que aquellas presencias que había sentido antes eran un eco, una despedida que ya había tenido lugar.

Había aprendido a guardar su memoria en un rincón de su alma, en un lugar donde el amor y el dolor podían coexistir, sin necesidad de atormentarla.

Un día, al volver a casa después de una caminata, se encontró con una vieja amiga, Laura, que no la había visto desde antes de su matrimonio.

Laura notó de inmediato el cambio en Elena, el aire de nostalgia y de algo inexplicablemente sereno en su mirada.

—Te ves diferente, Elena —dijo Laura, observándola con curiosidad—. Más… en paz.

Elena sonrió levemente, sin saber cómo expresar el largo viaje emocional que había recorrido.

—Creo que finalmente estoy bien —respondió—. He aprendido a aceptar que, a veces, amar significa dejar ir.

Laura la miró en silencio, como si intuyera que las palabras de Elena llevaban una profundidad que no era capaz de entender del todo, pero que respetaba.

Esa tarde, tras despedirse de Laura, Elena regresó a su apartamento y se sentó frente a la ventana, mirando el atardecer.

El cielo se teñía de tonos dorados y anaranjados, y la brisa cálida traía consigo una calma que le pareció tan antigua y eterna como la historia que había vivido.

Cerró los ojos, y en su mente, recordó la imagen de Javier en los días previos a su viaje, en los momentos felices que compartieron.

Aquel Javier era una mezcla de juventud y ternura, de risas y promesas que ahora le parecían fragmentos de un sueño lejano.

Sintió una oleada de gratitud, y comprendió que, aunque la vida los había separado, siempre tendría esos recuerdos, ese amor que no había desaparecido, sino que se había transformado en una parte silenciosa de su ser.

A medida que pasaban los meses, Elena encontró consuelo en pequeñas cosas, en rutinas que le devolvían la estabilidad.

Comenzó a escribir en un diario, volcando en sus páginas las memorias de Transilvania, los momentos oscuros, los detalles de su relación con Javier.

Era como una forma de liberar todo aquello que aún cargaba en el alma, de vaciar su dolor y su amor en palabras que no quedaran atrapadas en su mente.

El diario se convirtió en un refugio donde podía expresar lo que no compartía con nadie más.

Con cada página, sentía que la historia iba tomando una forma que no solo aliviaba su corazón, sino que también le permitía comprender mejor lo que había vivido.

Y así, llegó el día en que se sintió lista para algo nuevo.

En una mañana fresca, mientras observaba la ciudad despertar desde el balcón de su apartamento, se dio cuenta de que estaba lista para abrirse a la vida nuevamente, para retomar sueños y deseos que antes compartía con Javier y que ahora eran solo suyos.

Decidió que viajaría, que exploraría lugares en los que nunca había estado, que vería el mundo con los ojos de alguien que ha comprendido el valor de cada instante.

Había aprendido que la vida, aunque fugaz y a veces dolorosa, es también una oportunidad constante para renacer.

Elena se preparó para su primer viaje sola, una aventura que la llenaba de nerviosismo y emoción.

Sabía que, aunque en su corazón siempre llevaría la historia de Transilvania y de Javier, esa historia ahora estaba en paz, dormida en un lugar de su alma que podía visitar sin dolor.

En su último día en la ciudad, antes de partir en su nueva aventura, fue al cementerio donde reposaban sus antepasados, un lugar que le había sido siempre familiar y reconfortante.

Allí, bajo la sombra de un viejo árbol, dejó una pequeña flor y una carta, un mensaje final para Javier, quien, aunque atrapado en un mundo de sombras, siempre estaría presente en su memoria.

En la carta, escribió una última despedida, agradeciéndole por los momentos compartidos, por el amor que le había dado, y por el aprendizaje que su historia le había dejado.

Al dejar la carta, una ligera brisa sopló entre las hojas, y en ese momento, Elena sintió una paz tan profunda que supo que Javier, donde quiera que estuviera, también había encontrado su lugar en el vasto misterio de la existencia.

Partió al día siguiente con una maleta ligera y un corazón dispuesto a recibir nuevas experiencias.

Subió al tren, y mientras este se alejaba de la estación, miró por la ventana, dejando que los paisajes que se sucedían fueran un recordatorio de que el mundo aún era vasto y lleno de posibilidades.

Los recuerdos de su vida pasada se desvanecían suavemente en el movimiento del tren, como ecos de una canción lejana que había aprendido a escuchar sin tristeza.

Elena miró hacia adelante, con la certeza de que, aunque su historia con Javier siempre estaría en algún rincón de su alma, ahora su vida le pertenecía por completo.

Había vuelto a ser ella misma, pero con una sabiduría y una fuerza que solo el amor y la pérdida le habían dado.

Y en esa tranquilidad, mientras observaba el paisaje cambiante y sentía el pulso de la vida en cada kilómetro recorrido, Elena comprendió que, aunque el pasado siempre formaría parte de ella, el futuro estaba lleno de promesas que solo esperaban ser descubiertas.

Así, el tren avanzó hacia su nuevo destino, llevando a Elena, libre al fin, hacia una vida que comenzaba a escribir con cada latido de su renovado corazón.

Epílogo

Han pasado varios años desde aquella noche en que Elena dejó Transilvania, dejando atrás el castillo y el oscuro amor que una vez compartió con Javier.

Su vida ha seguido adelante, y con el tiempo, las heridas se han ido cerrando.

Ahora vive en una pequeña casa en el campo, rodeada de colinas verdes y un jardín que cuida cada día, donde ha encontrado la paz que tanto anhelaba.

Los recuerdos de su vida con Javier han dejado de ser una sombra que la persigue; se han convertido en un rincón sereno de su memoria, un lugar que a veces visita en la quietud de la noche, sin dolor, sin miedo, solo con la calma de quien ha aprendido a aceptar la pérdida.

A veces, mientras cuida su jardín al atardecer, siente una brisa suave que acaricia su rostro, y en esos instantes, le parece que la presencia de Javier está allí, como un eco de aquel amor perdido, ahora convertido en una paz profunda y apacible.

En sus pensamientos, él ya no es la sombra que vio en las últimas noches en el castillo, sino el hombre que amó, el compañero que la hizo soñar con una vida juntos antes de que todo cambiara.

Una tarde, al volver de una caminata por el bosque cercano, Elena encuentra en su buzón una carta inesperada.

La carta viene de un remitente desconocido, con el sello de Transilvania en el sobre.

Al abrirla, descubre que es una nota breve, escrita en un papel envejecido, con una caligrafía que no reconoce.

El mensaje es simple y la desconcierta:

"Nunca te olvidaremos. Las puertas del castillo siempre estarán abiertas para ti, Elena."

Siente un escalofrío al leer esas palabras, y un sinfín de recuerdos, que creía olvidados, la invaden como una marea que intenta arrastrarla de vuelta al pasado.

Por un momento, casi puede sentir la atmósfera densa del castillo, los pasillos sombríos y el eco de las voces que resonaban en sus sueños.

Siente el impulso de quemar la carta, de borrarla de su vida, de no permitir que nada la devuelva a ese mundo que tanto le costó dejar atrás.

Pero algo dentro de ella la detiene.

Guarda la carta en una caja, junto a otros recuerdos de aquella época que ha decidido conservar como parte de su historia, y cierra el cajón con una extraña mezcla de nostalgia y alivio.

El tiempo sigue su curso, y Elena aprende a tomar la nota como un recordatorio de quién es y de lo que ha vivido.

La carta permanece allí, olvidada entre otras páginas de su vida, y la presencia del castillo se convierte en una especie de mito personal, un lugar que la marcó y al que sabe que nunca regresará.

Sin embargo, en las noches de luna llena, cuando el cielo está despejado y la luz baña el campo con un resplandor suave, Elena a veces se despierta con una extraña paz, y sale al jardín para contemplar las estrellas.

En esos momentos, siente una conexión misteriosa, una calma profunda que la envuelve como si todo lo vivido, incluso el dolor, hubiera sido parte de un viaje que le enseñó la importancia de vivir plenamente, de amar y también de dejar ir.

Mira hacia el horizonte y, por un instante, permite que su mente regrese al recuerdo de Javier.

No como una presencia que la atormenta, sino como un amor que tuvo y que, a pesar de todo, la acompañará siempre.

Su vida continúa, llena de la luz y de la paz que ha encontrado en su hogar, en sus días simples y en sus noches tranquilas.

Elena ha comprendido que, aunque el pasado nunca desaparece por completo, tampoco tiene por qué definir el presente.

El amor y la oscuridad, los recuerdos y el dolor, forman parte de su historia, pero su historia es solo una parte de su alma.

Y así, mientras los años pasan y los recuerdos se van suavizando, Elena se despide en silencio de aquel mundo que alguna vez compartió con Javier.

Sus días están llenos de pequeños momentos que le recuerdan que la vida sigue, que cada instante es un regalo y que su viaje, aunque diferente del que imaginó, es hermoso y está lleno de posibilidades.

La última noche del año, cuando el reloj marca la medianoche, Elena sale al jardín y levanta la vista al cielo estrellado.

Siente una brisa suave que le acaricia el rostro y sonríe, como si una parte de Javier, de aquella historia, aún estuviera allí, en algún rincón de las estrellas.

Con una calma profunda, cierra los ojos y susurra al viento una última despedida.

Es el final de un ciclo, el cierre de una historia que siempre será parte de ella, pero que ahora ha quedado en paz, en un rincón de su corazón que guarda con cariño.

Con esa última despedida, Elena sabe que el pasado finalmente ha encontrado su lugar en su alma, y que el futuro le pertenece por completo.

Abre los ojos y observa el cielo una vez más, sabiendo que, dondequiera que esté, ella y Javier siempre estarán unidos por el recuerdo de un amor eterno, transformado en paz.

Así, bajo la luz de las estrellas, Elena se despide por última vez y da un paso firme hacia adelante, hacia una vida donde el amor y la libertad caminan juntos en armonía.

El castillo, las sombras y los ecos de su historia quedan atrás, convertidos en una parte de su ser que la fortalece y que, al fin, la deja en libertad.